AF190789

Den sparkade fågeln

Predrag Mihajlović

Förlag: BoD – Books on Demand, Stockholm,
Sverige
Tryck: BoD – Books on Demand, Norderstedt,
Tyskland
ISBN: 9789180077040

Den sparkade fågeln

Jag vet ej vad jag tänka skall, då ingen mig besvarar:
Men jag går på i alla fall och ingenting befarar.
Vad skall jag frukta?
Vill man mig koka?
Vill man mig tukta?
Och sönderboka?
Nej, fast jag går en enslig stig, mitt mål jag dock skall
hinna,/.../

ur *Sesemana* (C J L Almqvist)

Han hör vassa knackande ljud som upprepar sig i samma takt med korta pauser emellan. Han tittar omkring sig. Nu ser han herr Uccello Sverin som ivrigt knackar med näbben på den immiga fönsterrutan, glad att han har börjat flyga igen, med förhoppningen om att han kan stå honom till tjänst. Att Modesta också hör knackandet och att hon kommer att resa sig upp och öppna fönstret tror Cicmil innerligt på.

Kapitel I

1.

Nu kan Cicmil se, höra och känna bortom det synbara, hörbara och kännbara

Det inte ofta förekommande väderfenomenet - blandat dimma och regn, som har pågått i tre dagar nu -, borde göra Cicmil ännu mer dyster, men det gör inte det. Han har till och med lyckats återfå om inte en härlig glädjekänsla då en stark optimism på en imponerande kort tid; och det tack vare en idé han har fått och som han tänker genomföra utan att ta hänsyn till den första brutala motgången han stötte på för fyra dagar sedan. "Man kan ju inte alltid vara förberedd på överraskningar - annars skulle de inte kallas för överraskningar - däremot måste man räkna med dem, på gott och ont. Och, ja, jag känner optimism och kommer att fortsätta, längre än det går", resonerar han just nu när han tänker på att han sjukskrivit sig igen. Det har han inte gjort på grund av ontet i bröstkorgen, den svullna övre läppen, ett par tappade eller lösa tänder, ett par blåmärken i ansiktet, sitt vänstra öga som han först idag ordentligt kan öppna och ontet i ytterligare några inre och yttre kroppsdelar - dessa skador fick han några timmar efter att han hade sjukskrivit sig sist. Det var inte heller för dessa skadors skull och lidandet han fått utstå han fått sin sjukskrivning förlängd. Och det kan inte kallas för en sjukskrivning i ordets rätta bemärkelse utan något han oförväntat fått och som skulle visa sig bara några timmar senare som en riktig skänk från ovan.

— Hur som helst är den förlängd och att förlänga det ena kan eventuellt betyda att förkorta det andra, och tvärtom, drar han slutsatsen högt och Modesta som sitter sovande i en utsliten, rymlig fåtölj vid soffan rycker till, tittar granskande på honom i några ögonblick med sina blida ögon och sedan sakta sänker huvudet och stänger ögonen igen.

Cicmil sjukskriver sig ofta. Om han inte är sjukskriven då har han tagit semester - en, två, tre dagar eller en hel vecka. Är han ledig eller sjukskriven en hel vecka då betyder det att han blir ledig i nio dagar, fem arbetsdagar plus två helgdagar före och två till efter sjukskrivningen eller ledigheten. Att räkna sina lediga dagar känns bra för honom, det minskar hans rastlöshet och ångest. Att räkna sina lediga dagar tycks honom lika som att mäta sin egen frihet, dess ökning. Att räkna och mäta något annat, vad som helst, gör han inte, det har han gradvist slutat göra senaste åren.

Visst tär det på Cicmils redan och sedan länge ansträngda hushållning. Det är inte så att han lider av svält men det är en omisskännlig penningknapp han ändå är tvungen att utså. Han har vidtagit vissa besparingsåtgärder. Han har exempelvis sålt teven, han har sålt cykeln och han har sålt all facklig litteratur han kunde sälja för ett rimligt eller orimligt lågt pris; han sparar på elen till det yttersta; han har slutat röka; han köper den billigaste maten och äter endast så det räcker för att hålla hungern i schack, det är oftast kokta ägg på morgnarna och stekta på kvällarna, till lunchen pasta eller ris eller potatis. Eftersom han sällan vistas ute längre är han för det mesta iklädd pyjamas vilket gör att han sällan behöver gå ut och handla kläder eller skor; han gör sålunda inte så obetydliga besparingar på tvätt- och diskmedel. Visst gör det inte honom mindre fattig än han är men det viktigaste för honom har varit att överleva i uppfyllandet av sitt behov av lediga dagar. Och just vid denna tidpunkt behöver Cicmil enbart vila och återhämta sig innan han igen sätter igång med förverkligandet av sin idé.

I åtskilliga månader har han läst i alla sina lediga dagar, från morgonen till kvällen, med några mer eller mindre korta pauser när han behövt äta eller handla mat, eller gå trapporna upp och trapporna ner mellan den tredje och sjunde våningen (Varför han gjort så, förklaras snart). Cicmil läser det som han

läst i snart fem år nu - deckarromaner, det
har blivit hans livsmening nu. Innan dess har
han (nästan) aldrig läst det som kallas
skönlitteratur. Hela sitt liv har han fängslats
av teknik och teknologi, av siffror, av
geometri och aritmetik; han var en helt
pragmatiskt inställd människa; han såg bara
det som ögat kunde se, hörde bara det som
örat kunde höra, kände bara det som handen
kunde känna på. — Ingen fantasy för min
del, tack! brukade han säga. Men nu kan
Cicmil se, höra och känna bortom det synliga,
hörbara och kännbara. "Det känns som om
nån eller nått inandats liv i min kropp",
tänker han. Han kan tydligt se sig själv i en
annan livsroll än den han fastnat i hela sitt
vuxna liv. Cicmil är trettionio år nu och anser
att han fortfarande har gott om tid för att
förverkliga det han siktar på. "Nuförtiden
talas det om att man kan ha flera identiteter
och ändå behålla sin egen personlighet. Om
det är så då har jag inget skäl för oro om jag
bara byter min nuvarande yrkesidentitet till
en ny, om än diametralt motsatt, om än jag
fullständigt saknar nödvändig kunskap för
det nya yrket", tänker han.

Att han är det han vill vara tar han för axiom.

2.

— Så mycket om dig som gestalt

En vän till Cicmil - Spyridon heter han -
numera den enda nära vän han har - har haft!
-, sa för en tid sedan att den bästa läsaren var
den som börjat läsa i sin tidiga ålder, helst
från barnsben, redan när man lärt sig läsa.

— Då har man chans att på allvar uppfatta
skönlitteraturens sanna väsen. Den går in i
kroppen och så småningom blir en del av
den, man skapar sig sin egen förmåga att
exakt urskilja det fiktiva och det som sticker
ett håll i det. Det kan ingen vetenskap
överträffa! Tro på mig, jag vet vad jag talar
om!

Cicmil tror inte på det, han anser att han
förstår alldeles tydligt det han läser och han
förstår inte det hans vän menar med den
"bästa läsaren". Han begriper inte heller
varför Spyridon skakar med huvudet när han
ser det han läst eller läser.

— Numera finns det, tror jag, lika många
deckarförfattare som deckarläsare. Cicmil, du

borde läsa de stora inom genren. De kan också vara underhållande men på en annan nivå, sa Spyridon högfärdigt vid ett annat tillfälle. Det var en vana för dem att abrupt avbryta samtalet och fortsätta med det senare.

— Vilka författare då? undrade Cicmil.

— Du kan exempelvis börja med E A P. Aldrig hört? Va synd! Hos honom kan till och med en apa bli den avgörande gestalten i en deckarberättelse. Efter att du läst honom inser du också snabbt att nästan allt som skrivits efter honom är inget annat än mer eller mindre svaga variationer av det han redan skrivit inom genren. Visst är det okej att då och då läsa andra, i väntan på nån och nått nytt, "originell" och originellt", men... det du gör... hm. Alla följer en och samma mal nuförtiden. Idag vet man att till och med djur har sin personlighet, just då avsäger människan sig sin egen, alla blir lika, som gjorda av en och samma maskin, ser man en människa ser man alla. Vi minns inte varandra och behöver inte göra det, minns man en människa minns man alla.

Cicmil tyckte om det sista Spyridon uttalade sig om men svarade att han hellre håller sig till de ofantligt många samtida inhemska och utländska deckarförfattarna, eller bara tänkte svara så, minns han inte exakt nu för han har gått igenom en hjärnskakning är han helt övertygad om.

— Du har överdrivet fastnat för sån litteratur, sa Spyridon vidare till honom utan att närmare förklara vad han menade med det, fastän det borde han förstå.

Spyridons försök att visa sig vara den överlägsne läsaren hade börjat irritera Cicmil. "Jag är mätt på honom, jag är trott på hans arrogans", tänkte han resignerat. "Var han så smart som han vill framstå skulle han ha ett välbärgat liv, inte bott i en lägenhet på tjugonio kvadratmeter utan balkong i flera år nu, skulle han inte plågas av migrän så fort november- eller februari- eller marsmånad kommer, eller lida av stark magsyra så fort han lägger sig i sängen på kvällen. Det är viktigt att han skaffat sig en hund, en dvärghund, en (nästan!) terrier av nått slag, som han döpt till Rex. Borde inte en författare ha mer fantasy och döpa sin hund till ett mindre frekvent hundnamn? Och vad är det egentligen han skriver? Litteratur som ingen läser! Den liknar mer utkast än texter. Det kan jämföras med moln som övertar intresseväckande former och väcker vissa associationer för att sedan snabbt försvinna eller i bästa fall förvandlas till andra, otydliga eller intetsägande former så fort man hinner - om man hinner göra det - ta en fotografi, ett suddigt foto på dem".

— Visst, Cicmil, replikerade Spyridon honom när Cicmil äntligen uttryckte sin åsikt för honom en dag, försvinner dem, men dessa foton kvarstår.

— Ja, men de förbleknar snabbt, sa Cicmil omisskännligt sarkastiskt, kanske för sarkastiskt.

Efter en vecka sa Spyridon:

— Jag må vara en dålig författare, men jag är en bra läsare.

Att han inte heller var någon dålig läsare, sa Cicmil. Då sa Spyridon leende att Cicmil liknade honom en romanhjälte som han gärna skulle skriva om men förmådde inte göra det för han lider brist på den nödvändiga grymheten för att göra det. Cicmil undrade vad han menade med det, eller han förstod vad han menade med det men behövde en mer utvecklad förklaring.

— Jag vill inte utsätta den känslige läsaren för diverse otrevligheter med en gestalt som du. Om du fortsätter så kommer du gradvist att förvandlas till don Quijote och det skulle vara sorgligt både att skriva och läsa om det.

— Jaså!

— Så mycket om dig som gestalt.

Vid ett annat tillfälle fortsatte han:

— Nu kort om dig som läsare, Cicmil: hos nästan alla läsare utvecklas en stark empati under läsningen, det är bara ett litet antal som går vilse i berättelsen, förlorar sina identiteter och du påminner mig om en sån, svarade Spyridon och skrattade ganska behärskat.

"Tycker han synd om mig av nån anledning?" undrade Cicmil ofta. "Han skriver om och skapar en värld knappt synlig i dimman, utan mening - det är bara fiktion för honom -, en värld han aldrig befinner sig i. Hans gestalter svävar någonstans i tomma intet, kommer aldrig fram nånstans. Jag vill veta hur det slutar för dem, inte själv hitta på slutet på

deras väg eller slutet på dem, i så fall skulle
jag skriva det. Får läsaren ändå veta hur det
slutar med dem upptäcker den nåt ologiskt i
deras beteende eller handlande, exempelvis
befinner sig en av hans gestalter i en bar i
Japan och dricker mojito. Skulle det inte vara
normalt att gestalten dricker en japansk
dricka, *sake* till exempel? Inte heller i sin
verkliga - sanna?! - värld är han särskilt
närvarande. Han anser att vi båda kommit till
något likadant men att våra reaktioner och
handlande skiljer sig från varandra. Kanske är
det så, under förutsättning att han underförstår
sitt ständiga lyssnande på radiodramer med
det. Och hur många lyssnar på radiodramer
nuförtiden?! Vem bryr sig om att han gör det?
Och därför: vem bryr sig om att jag lever
fiktionens liv? Bygger mitt liv i fiktionen!
Men jag vill inte göra det i den fiktion som
han skapar, jag skulle göra allt för att befria
mig från den. Jag vill befria mig från den
mardrömslika fiktionen kallad för verklighet.
Det han skriver är inget annat än sömniga
bokstäver på papperslakanen. Spyridon!? Vad
är det för namn egentligen? Den som strävar
efter nåt, enligt honom. Hm! Fast mitt eget...

Mitt eget namn verkar betyda ingenting och de flesta har det som efternamn och jag har hört att det bara finns en procent av dem som det har som förnamn. Känsliga läsare! Vilka känsliga läsare? Han har knappast några - känsliga eller inte! Hans *strävan* verkar vara förgäves. Han tror, hoppas på ankomsten av den enda, avgörande läsaren men den kommer aldrig. Han ser inte mig som läsaren utan som gestalten, det känns som om jag försöker undvika hans osynliga fiktions penna men ständigt misslyckas med det".

Efter detta Spyridon sagt till honom avstod han från tanken att berätta mer konkret om sin idé för honom. Sedan dess hade Cicmil alltmer undvikit att träffa honom. Det tycktes honom som om Spyridon hade gjort detsamma, avståndstagandet pågick smidigt och ömsesidigt. Detta ömsesidiga undvikande var underlättande för alla. "Några lätt genomskådande och billiga ursäkter för att undvika träffa honom behöver jag inte hitta på. Jag hör aldrig av mig nuförtiden och han själv gör det ytterst sällan, nästan aldrig rättare sagt. Vad skulle jag ha att göra med

honom som inte delar mitt intresse? Lyssna
på hans påstående om att det är mer viktigt
att försöka alstra kvalitetslitteratur utan
framgång än billig och populär med
framgång? (Det är faktiskt så att han inbillar
sig försöka skriva kvalitetslitteratur. Men att
han skriver en litteratur utan framgång är
alldeles riktigt.) Lyssna med möda på det
ointressanta han dagligen skriver? Vad skulle
han ha att göra med mig som inte har några
andra intressen att dela med? Lyssna med
möda på det ointressanta jag dagligen läser?
Vad har en lidelsefull men dålig författare och
en lidelsefull men dålig läsare med varandra
att göra?" tänkte han ganska långt innan de
avbröt sitt umgänge för gott.

3.

... men sedan minskade det långsamt i styrkan

Detsamma kan sägas för Cicmils flickvän Martina. Hon är också alltmer ovillig att visa sitt intresse för hans passion. Det har pågått så i några, kanske sex månader nu, enligt Cicmil, kanhända mycket längre men han har förmodligen inte lagt märke till det tidigare. Att kärleken var blind, visste han - så länge det pågick. I början av deras förhållande tog han paus från läsandet, sedan, när nyförälskelsens euforin avtog litegrann, började han med det igen. Imponerad och intresserad var hon av hans hänförelse för och kunnande om deckargenren i första början men sedan minskade det långsamt i styrkan. Först slutade hon delta i deras samtal rörande sådan litteratur och efter den kortvariga men djupa tystnaden började hon inte bara ifrågasätta hans åsikter utan allt mer nervöst uppmärksamma honom på att hon inte ville lyssna på det ständiga pratet om och upprepningar inom ett och samma ämne. Det gjorde att han började dra sig alltmer undan för henne, han var antigen mentalt frånvarande i hennes närvaro eller valde rent av fysisk frånvaro.

För tre månader sedan gick hon och Spyridon, tillsammans på bio. Det kom helt oväntat fastän Cicmil hade bidragit (halvt avsiktligt) till det. Martina hade två biobiljetter som hon fått i present på jobbet, sjukhuset hon arbetat som sjuksköterska i elva år nu, och när Cicmil tackade nej till hennes inbjudan då bjöd hon plötsligt Spyridon som tackade ja.

— Martina, sa han med en aning ursäktande röst, det blir svårt för mig att följa med, jag är så trött. Jag stannar gärna hemma ikväll och hoppas att du inte tar det illa vid.

När han sa det vände Martina sig omedelbart till hans vän och sa:

— Spyridon, kan du tänka dig att följa med på bio, nu när din vän inte orkar göra det. Det är jag som bjuder både på bio och popcorn.

Din vän, inte *min pojkvän*, märkte han direkt detta uttrycksval och han erinrades när hon inte så länge sedan sa till honom: — Sei mio finché non muoio. "Valde hon att yttra sin eviga kärlek på italienska för att förstärka den emotiva effekten av dessa ord genom det vackra språket, eller just för att öka den emotiva distansen från dem?" undrade Cicmil men tänkte inte leta efter något svar på denna fråga. Innan han hade hunnit förflytta blicken från henne till Spyridon svarade Spyridon till Martinas inbjudan med en iögonfallande men inte helt trovärdig brist på entusiasm:

— Det kan jag nog göra.

"Hm", tänkte Cicmil sarkastiskt, "det är mycket du <u>nog</u> kan göra... *nu när din vän inte orkar*". Däremot blev han inte svartsjuk utan snarare glad över det; hon skulle lämna honom i fred resten av eftermiddagen och hela kvällen och natten, förhoppningsvis nästa dag också. "Helst en hel vecka!" skrek han inom sig själv.

— Utmärkt! sa Martina ganska högljutt och tog hårnålen ur håret och klappade den omkring springande Rex. Nu går jag och tar en snabbdusch. Sen åker vi och tittar tillsammans på en bra spelfilm! Det är ett relationsdrama om jag uppfattat rätt. Efter filmen kan vi gå och äta middag nånstans. Och ett glas vin blir jag säkert sugen på. Det blir en jättetrevlig kväll! Det lovar jag!

Medan Cicmil följde henne med blicken till badrummet påmindes han de tre olikfärgade fjärilar som landade på hennes nakna rumpa någonstans i naturen de låg och solade efter ett vilt samlag. Instinktivt var han på väg att jaga bort dem men hejdades av den magiska synen. Nu flög de bort själva i hans inre öga och magin från det förflutna upplöstes hastigt.

— Ni går nog till vår favoritrestaurang, det är alltid bra mat där, sa han. Vad var det vi åt sist vi var där?

— Det tror jag inte vi gör. Den är inte inne mer, hann Martina svara innan hon stängde dörren till badrummet efter sig, och det gjorde hon långsamt och mjukt.

— Du har rätt, den borde byggas om för länge sen, sa Cicmil efter att hon hade stängt dörren efter sig.

Rex stod framför dörren och tittade ledsamt mot den.

— Jaha, Spyridon, är du sugen på nåt speciellt?

— Inte precis, svarade Spyridon med samma stämma som när han svarade på Martinas fråga. Det är kväll och allt jag kan komma på skulle inget annat än skapa magbesvär för mig.

— Du kommer väl på nått passande?

— Säkert!

— Fisk och vitt vin?

— Jag vet inte…

— Med kolsyrat vatten blir det nog inget problem för magen. Spyridon teg och Cicmil ansåg att hans vän var ovilligt till samtal om kvällsmaten. Dessutom blir man lätt hungrig efter ett nästan två timmar långt sittande i en mörk biosal, lade han till.

— Ja, det blir man rätt så, sa Spyridon. Popcorn bara retar på aptiten.

— Fast med en så söt och attraktiv tjej som Martina tänker man varken på hungern eller magbesvär.

— Hm, sa Spyridon och Cicmil kunde se en mimik i form av ett maktlöst leende på hans ansikte.

— Tycker du inte det?

— Vad då?

— Att Martina är söt och attraktiv.

— Ja, det är hon, svarade Spyridon med en behärskad röst. Man träffar inte en sån kvinna varje dag.

— Rätt sexig, va?

Spyridon teg.

— Med en sån flicka nära sittande i biomörkret blir man lätt frestad.

Spyridon nickade och det kändes som om han tuggade sin egen tunga.

— Kan du tänka dig henne som din flickvän?

— Nu räcker det, Cicmil!

Att både hans vänskap och hans kärlek hade varit på väg att försvinna hade inte alls oroat Cicmil. Han hade blivit indifferent mot det inre förändringsförloppet som pågått i drygt ett halvt år nu. Han gömde sin indifferens genom att låtsas vara upptagen med viktiga och tillfälliga tankar och på så vis lämna ett så pass trovärdigt intryck om sitt ovetande om det ökande känslomässiga närmandet mellan sin vän och sin (en gång) kära flickvän. "Jag är inte säker på om det är tack vare mitt skådespeleri eller deras ignorans, men det går vägen. Med hans försvagande vänskapskänsla för mig förstärks hans kärlekskänsla för henne; med min försvagande kärlekskänsla för henne förstärks hennes för honom; med hennes försvagande kärlekskänsla för mig förstärks den för honom. Som om alla vi följer eller anpassar oss till våra medvetna, eller halvmedvetna eller omedvetna förstärkta eller försvagade eller försvunna känslor på ett skickligt och listigt sätt, gömda bakom den välberäknade rationaliteten. Enbart på grund av pinsamhet? Vems då? Eller det finns flera orsaker till som driver sådant mänskligt beteende?" Feghet? Vems i så fall? Cicmil hade inget konkret bevis för sitt resonemang men han starkt anade det. Att ana saker och ting räckte för honom, det roade till och med honom. Samtidigt ledde det tysta känslomässiga avståndstagandet till att den inre freden började försvagas och som i sin tur ledde till ett nervöst läge som blev mer och mer tydligt märkbart vid deras möten. Det kunde uttrycka sig först i korta och skarpa blickar eller i intensivt grimaserande och teatralt gestikulerande för att så småningom övergå till ett ironiskt eller cyniskt skratt eller samtal och till slut till klara och bestämda uttalanden. *Det kan jag nog göra*, tänkte han på Spyridons lakoniska svar och kunde knappt hålla sig från skratt.

Färdigduschad kom Martina tillbaka från badrummet iklädd Cicmils vita badrock, huvudet var inlindad i en lika vit handduk och i handen bad hon hårtorken. Hon satte sig ned i soffan, diskret med ryggen mot Cicmil och med nakna knäna riktade mot Spyridon, och började torka håret. Hon hade inga tofflor på sig och båda kunde se hennes i rött lackerade tånaglar. Spyridon förflyttade sig till vänster och stirrade genom fönstret medan Rex stod stelt framfor Martina tittande mot hårtorken.

— Har det nått märkvärdigt hänt där ute? frågade Cicmil honom utan att lyfta upp huvudet från en bok han precis börjat läsa.

— Nej, det är lugnt ute på gatan, svarade Spyridon.

— Spyridon, vad gillar du bäst, om kvinnan är klädd i kjolen eller i byxor? frågade Martina.

— Jag har inte tänk på det, sa han tittande mot Cicmil som satt oberörd vid skrivbordet och läste boken. Det avgör väl tillfället? I en klänning kanske.

— Klänning? Bra! Då tar jag den på mig, sa hon. Hon hade en del av sina kläder i Cicmils lägenhet.

— Vilken tur att du har den fina svarta klänningen här hos mig, sa Cicmil lugnt och vände bladet på boken.

Martina stängde nervöst av hårtorken, kastade den i soffan och reste sig upp. Spyridon märkte att hon var röd i ansikten. Hon gick till badrummet igen och stängde dörren bakom sig, hårt och bestämt.

— Jag får väl lämna Rex här tills vi kommer tillbaka?

— Skulle jag passa hunden?

— Det blir ju inte första gången.

— Inte första men kanske den sista, sa Cicmil.

Spyridon tittade stumt på honom.

— Lämna honom hos din mor.

— Ska jag åka nu och lämna den hos mim mor?

— Det blir ju inte första gången.

4.

Cicmil, du älskar ingen. Farväl!

I flera månader hade Cicmil blivit antigen
negligerande eller ignorant mot mycket på
grund av idén han hade med tiden fullständigt
fångats av. När han en gång frågade en
arbetskollega varför hon inte ville pensionera
sig utan fortsätter gärna jobba två år till
svarade hon utan betänketid att hon inte
kände sig behövd hemma. Han kunde inte
förstå det och samtidigt undrade varför han
inte kunde göra det. Tack vare sin idé förstod
han det så småningom. Han behövde något,
så starkt att det betydde inget för honom att
inte vara behövd av någon eller något. Det
skulle förstöra hans drömmar om sin roll som
privatdetektiv, det skulle hindra honom från
att förverkliga dem. Han hade lärt sig tidigare
att inte behöva någon eller något, till och
med mot sin egen vilja och det var inte lätt
att vänja sig till att inte behöva det som
behövts. Men att inte vara behövd var lättare,

det krävdes ingen ansträngning att nå fram till det och det kändes som en befrielse.

Eftersom han inte räknat något annat än sina sjuk-och semesterdagar har han inte tänkt på att det faktiskt var länge sedan han träffat Martina och Spyridon sist. Men nu i soffan - tittande på den av sin tjänstvillighet trötta Modesta - tänker han på det. I drygt två månader har han inte träffat någon av dem och i drygt en månad har han inte haft någon telefonkontakt med dem. Han minns inte vem som exakt ringt vem men han minns att Spyridon (eller han själv) började prata utan att hälsa eller göra någon formell inledning man använder sig av i början av ett telefonsamtal. Han minns att han knappast hade reagerat på det Spyridon uttalat sig om under telefonsamtalet, det var bara några få tankereaktioner och ett kort yttrande vid samtalet slut, eller det han trodde skulle vara samtalets slut eftersom Spyridon efteråt hann säga ytterligare några meningar.

— Du gör precis vad och hur du vill göra det, Cicmil, sa Spyridon sist de hördes. Du är en vuxen människa och kan fritt och med full rätta förstöra det för dig själv. Du får lika gärna, ja, med nöje, här tillåter jag mig parafrasera Almkvist: hitta en av andra förstörda människor obesudlad plats, lägga dig där och för alltid försvinna, men jag har varken rätt eller lust att vara en del av det. Du har eftersatt ditt arbete, du har till och med inte varit på judoträningen i minst tre år nu (och judon är den verklighet du skulle hitta och förverkliga dig själv bäst), du städar inte, du går i pyjamas hela tiden och det är svårt att komma på besök hemma hos dig, det luktar illa, det råder ett sådant kaos i din lilla lägenhet att man knappast hittar en plats att sätta sig ner och det är svårt att stå där i en eller en och en halv timme och lyssna på dig. Och du förundras - utan frustration verkar mig det som -, varför din flickvän tillbringar allt mer tid med mig.

”Aha, han tillåter sig alltså visa att jag lagt märke till det”, tänkte Cicmil.

— Har du tänkt nån gång på att hon också vill må bra?

”Det måste ömsesidigt önskas”, replikerade Cicmil för sig själv.

— Tro inte, bytte Spyridon ämnet, tro inte att jag inte vet vad du håller på med - återigen Almqvist: "En tid fabricerade jag själv mina cigarrer, /Men gjorde dem med så lite förnuft att de ej hade luft" -, men, som sagt, du är vuxen, <u>men</u> du <u>måste</u> - jag understryker både men och måste här - ta sig ut ur det du hamnat i, det som avtrubbar ditt sinne.

"Det saknas bara att han börjar styra mig som om jag var en av hans figurer! Eller: som om jag var en av hans figurer som börjat leva sitt eget liv och han inte hittar den magiska pennan som skulle ta mig tillbaka under hans kontroll" tänkte Cicmil och missade förmodligen höra en eller två meningar.

— Med tungt hjärta, fortsatte Spyridon sin monolog, säger jag att jag inte vill ha någon kontakt med dig och det smärtar mig, ja, det smärtar mig lika intensivt att du gör detsamma. En gång berättade du för mig, vill jag gärna minnas, att du hade upplevt nått konstigt som pojke när du var på besök hos din mormor på landet. Du var av nån anledning ensam i en timme och stod bakom huset i närheten av din morbrors stall och tittade mot en skog i närheten. När du vände dig om såg du en liten apa på cirka tio meters avstånd från dig. Du blev skrämd, nästan paralyserad stirrande mot apan medan den plockade nått från marken och stoppade i munnen. Du var skrämd, du visste att det var omöjligt att se en apa fritt i naturen i denna världs del, på den där platsen i synnerhet. Du stängde ögonen i ett par sekunder och när du öppnade dem igen såg du hur apan förvandlades i en vanlig höna. Du förstod att det var en höna som först förvandlades till en apa i din ögon, inte tvärtom. Allt återställdes och du kunde vara lugn och trygg igen med den omkring vandrade höna. På samma sätt kan du också göra det nu, blunda nån sekund och öppna ögonen och allt blir som tidigare.

"Är han så desperat att han inte kunnat hitta ett mer övertygande exempel? Hönor och apor!"

— Jag, en så kallad (och kämpande) författare - en helgförfattare -, en alldeles ordinär människa av kött och blod, försöker överleva, vilket dessutom nästan alla andra gör. Hos mig bryter ofta omständigheterna av stoltheten, men det betyder inte att jag är en av dem som smälter in. Jag är allt annat än det jag (slarvigt!) skriver; <u>men du</u> förvandlas till det skrivna - det önskade! - och tillåter stoltheten bryta av dig... Så jag hoppas innerligen att du ändå tar förnuft till fånga och en dag ringer på min dörr med ett friskt leende och uppfyllt med sanna känslor säger att du kommit tillbaka ur den disen du befinner dig i nu, sa Spyridon avslutningsvis, eller det tycktes vara så.

”Nu händer det äntligen nått!” tänkte Cicmil efter att han hört dessa ord. ”Som om jag till slut fått min efterlängtade frihet!”

— När en form upplöses, *my dear friend*, letar det oupplösta innehållet efter en ny form, var hans enda replik till Spyridon, därefter tänkte han lägga på luren men Spyridon hann säga:

— Och, du ska veta, att mitt umgänge med Martina är bara av vänskaplig karaktär, det har uppstått tack vare dig, från första dag du presenterade henne för mig - jag började tycka om henne för att jag tyckte om dig - och nu tror jag inte det kommer att fortsätta när huvudanledning till vår vänskap, det vill säga du, är borta ur våra respektive liv. Jag

har ingått ett nytt förhållande - efter att jag ju
länge varit singel. Hon heter Sofia och hon
har träffat Martina, och nu är det synd att vi
fyra inte kan träffas och ha det roligt, sa
Spyridon till slut och la på luren, eller de
gjorde det samtidigt.

Martina var däremot som hon brukade vara:
kort och koncis i sitt uttalande; inte för att
hon inte tänkte likadan som Spyridon - hon
gick till och med något längre än han - utan
för att hon ville uppmärksamma Cicmil på att
det var faktiskt ett definitivt slut på deras
långa kärleksrelation.

    Så här skrev hon i sitt sista meddelande:

> *Cicmil, du älskar ingen. Farväl!*
> *Martina*

"Att jag inte älskar nån - om det är sant! -,
behöver det inte vara - det brukar inte vara -
anledning till att hon ska sluta älska mig", var
en av hans tre kommentarer efter att han läst
meddelandet tre gånger, vilket inte var så
krävande eftersom det var kort - för kort! -
ytterst resolut! "Det är bara så att Martina

projicerar sin egen brist på kärlek på mig - den glömda förälskelsen i mig - och sin egen skuldkänsla försöker så i mitt medvetna, var hans nästa kommentar. Den tredje kommentaren var: "Samtidigt verkar det som om hon bara väntat på ett lämpligt tillfälle för att bli av med mig. Varför har detta lämpliga tillfälle kommit just nu? Jag har ingen aning".

Först tänkte han (det bör tilläggas) skriva till henne något om att de (här tänkte han också på Spyridon) endast var en liten grupp goda personer från olika världsdelar (eller åtminstone från olika delar av en världsdel) samlade på en plats präglad med absolut frånvaro av referenser till deras respektive barndomar... Och vad gör man när man saknar att se eller känna på olika fysiska föremål eller, exempelvis, känna en eller några olika dofter från barndomen för att knyta an till den? Tyvärr förmådde han inte vidare utveckla sitt resonemang, det var något psykologiskt överdrivet och patetiskt överflödigt i det, tyckte han. Inte heller kunde han se det som relevant för deras nu avbrutna kärleksförhållande; inte heller som något särskilt kännetecknande för enbart deras respektive beteenden. Han avstod från det som helt meningslöst. Till och med om det inte skulle vara meningslöst skulle det ändå vara det eftersom vilket som helst meddelande till henne nu skulle uppfattas som ett försök till försoning, och det var just den - försoningen - han inte ville ha. Till detta bidrog en bitter eftersmak han kände när han kom på att orsaken till ett så kort meddelande kunde vara att hon medvetet undvek nämna sitt förhållande till Spyridon.

"Beträffande mig är det bara att gå vidare", tänkte han försonande, "och jag vet vart jag ska gå".

5.

... och det verkade som om Modesta var precis en sådan

Alla sina mest ensamma dagar Cicmil tillbringat efteråt hade bidragit till att han blivit alltmer sin idé fast. Allt annat omkring hade liksom bleknat till den grad att det blev svårt att uppmärksamma. Hans idé hade utvecklats till sin intensitet, men inte till sitt innehåll, den hade blivit diffus. Han hade inga tydliga planer. Han tyckte att det var en trogen följeslagare han behövde. Men det skulle inte vara någon släkting eller vän, inte ens bekant - han förstod tidigt att ingen av dem skulle ta honom på allvar; vissa skulle försöka avråda honom från denna idé, vissa skulle råda honom att till och med söka hjälp. Och nu verkade det som om han varit på god väg att hitta en lämplig person. Han hade nämligen allt oftare börjat prata med en av sina grannar på sistone, en kvinna, cirka tre år äldre än han, som gjorde sitt yttersta för att få Cicmils uppmärksamhet när de stötte på varandra i hissen eller i trappuppgången, i

början av en slump. Cicmil brukade ta
trapporna när han gick ner och det verkade
som om hon också börjat göra det. Ibland
gick han ut från sin lägenhet och gick
trapporna upp och ned mellan tredje och
sjunde våningen enbart för att få träffa
henne. Han behövde inte vänta för länge, hon
brukade dyka upp väldigt snabbt, som om
hon lyckats spåra upp hans *schema*. Fast han
inte gjort det enligt något schema, inte
medvetet i alla fall. Hon var inte precis någon
skönhet - hon saknade till och med en tand
och var lite för smal för hans smak - ännu
mindre i jämförelse med Martina. "Martina är
graciös", ansåg Cicmil när han tänkte på
henne, "hon rör sig lätt och skönt som en
katt, en lejoninna snarare, jag hör aldrig
hennes steg när hon närmar sig bakom
ryggen på mig, jag måste alltid vara på min
vakt, såväl i hennes närvaro som i hennes
frånvaro, till och med när jag endast tänker
på henne, till och med när jag drömmer om
henne". Han erinras liggande i Modestas
lägenhet om hur han vid ett tillfälle, mycket
tidigare än han för första gången talade med
Modesta (ja, så hette kvinnan), nämnde

henne för Martina och undrade om hon sett den lite ovanliga kvinnan någon gång hon var på väg till eller från hans lägenhet. Martina kunde inte minnas om hon gjort det, hon sa att det bara var han som kunde observera sådana "tandlösa" personer och undrade om han kanske inte inbillat sig kvinnans existens.

Det var inte precis för kärlekens skull han hade dragits till denna grannkvinna. "Hon lyssnar med full uppmärksamhet på allt jag säger och väntar med stor förväntan på det jag ska eller skulle säga". Cicmil hade absolut ingen aning - om han utesluter en eventuell förälskelse (och det ska inte uteslutas) - av vilken anledning hon beter sig så mot honom men brydde sig inte om det, det viktigaste var att han med största sannolikhet var på väg att få en trogen följeslagare. Som sagt hade han kommit på en idé vars genomförande krävde stöd av en lojal person och det verkade som om Modesta var precis en sådan. Det hade han i själva verket redan bevittnat och övertygats om; för knappt fyra dagar sedan, när kvällen precis skulle komma, visade hon

det genom sin insats tydligt för honom. Det
återstod bara att berätta det för henne.

Kapitel II

1.
"Folk har så mycket annat att tänka på nuförtiden"

I tisdags direkt efter jobbet - för fyra dagar sedan då han bestämt sig för att sjukskriva sig från och med nästa dag - gick han först till frisören och kortklippte sig. Det var den billigaste frisörbutiken i stan där han varit stamkund i drygt två år nu. Frisören som klippte honom där låtsades vara överraskad att Cicmil ville klippa bort så mycket hår eftersom han aldrig hade gjort så tidigare. Cicmil använde sig av den slitna frasen att man förr eller senare behöver prova något nytt i livet. Frisören berättade för honom om en märklig händelse han läst i en kvällstidning häromdagen. Notisen handlade om en frisör som helt plötsligt och av okänd anledning

45

klippt ett öra (en bit av det i alla fall) på en av sina kunder. — Den stackars kunden skrek som en gris när den ska slaktas! sa han så frenetiskt skrattande att Cicmil inte kunde tydligt förstå slutet på hans mening men inte heller ville be om dennes förtydligande; han såg i spegeln hur en man som precis hade kommit in i salongen när frisören berättade det vände om och gick raskt ut och aldrig återvände. Det var allt frisören hade sagt eftersom han inte fick någon respons av Cicmil. Resten av tiden var alla tysta och det var endast saxens ljud som kunde höras i lokalen. Då han var färdigklippt betalade han för tjänsten, sa: — Hej då! till frisören och gick till en secondhand klädaffär där han snabbt köpte en sliten skinnjacka i mörkbrun färg som inte kostade mer en två cigarrpaket. I sista sekund hann han öppna dörren till hissen innan den åkte upp. Där stötte han på sin granne från tredje våningen, Modesta, som han redan träffat några gånger innan. Och tänkt ofta på.

— Hej, Modesta!

— Hej, Cicmil! Det är alltid kul att se dig!

— Tack, detsamma!

— Va fin du är i håret!

— Tack, tack!

— Du ser ännu yngre ut nu.

— Tack! svarade Cicmil igen och tänkte att den tredje delen av hennes saknade framtand gjorde henne faktiskt väldigt sympatisk men tyckte inte att en sådan komplimang skulle vara passande i denna fas av deras bekantskap. Och ditt ansikte lyser av glädje i dag! sa han bara.

— Det är min födelsedag idag.

— Grattis! Du har väl inget emot en kram.

— Tack! sa Modesta medan han kramade henne.

— Du, Cicmil, jag tänkte bjuda dig på kaffe hemma hos mig. Och jag har bakat wienerbröd.

— Nu? frågade han.

— Ja, om det går bra för dig.

— Inte nu men om två timmar skulle det gå alldeles bra. Vad sägs om det? Han tänkte glatt att det var just det han behövde.

— Det blir ännu bättre, jag behöver gå och återvinna några olika soppåsar här i närheten om en liten stund.

Hemma tog han jackan på sig och drog dragkedja upp till halsen. Han tittade på sig själv i spegeln och tyckte att han såg tuff ut i den. Byxorna var mörkgråa och nästan lika slitna som jackan. Hans skor matchade bra jackan, både avseende färg och slitage. I sina egna ögon såg han som en riktig privatdetektiv ut, enligt hans egen bild av en privatdetektiv. "Kanske inte helt enligt min egen bild av en privatdetektiv men man måste ju anpassa sig till omständigheterna och vara nöjd med det man ändå uppnått", tänkte han halvnöjd. "Det som eventuellt skiljer bilden av mig som privatdetektiv från den allmänna bilden av en sådan är bara ett bevis på det lilla unika i min personlighet som jag trots allt Spyridon sagt lyckats behålla". Det riktiga problemet var att Cicmil - av rimliga skäl - inte hade något fall att utreda. Det är som att gå på sitt eget bröllop och att bara ha knappt en timme på sig att hitta en brud eller brudgum. På denna liknelse tänkte han inte, han kände ingen panik. Att gå ut på måfå och välja en lägenhet, ringa på och prova sig fram lite med att ställa några allmänna frågor till den boende som öppnar dörren bestämde han sig helt enkelt för. Vad han skulle fråga hade han ingen aning om men han var säker på att han skulle komma på något passande. "Folk brukar vara snälla och det kommer att gå bra", tänkte han. Han tänkte helt spontant använda de kunskaper han förvärvat ur allt det fiktiva han hade läst. Slarv och att vara slarvig är inte något han reflekterat över. Hade Spyridon sagt till honom att han blivit allt mer slarvig då skulle han relativisera detta påstående, bortförklara det med att hävda att vissa saker och ting är oväsentliga och förtjänar varken någon tid eller beaktande, att vi inser det då och då när någon dör men snabbt, ibland bara några timmar efter begravningen, glömmer det och blir påminda om detta faktum vid nästa dödsfall och sedan glömmer det igen. Denna tanke erinrade Cicmil om att han hade känt Spyridon lika lång tid som han läst deckare. Det var faktiskt han som fick honom att läsa, inte deckare men det var lättast att börja med dem. Men hur han började umgås med honom mindes han inte, han visste bara att det inte kunde hända på jobbet eller på någon begravning. Med Martina däremot bekantade han sig på sjukhuset, han hade skadat sig i armen på judoträningen och det var hon som tog hand om honom på akutmottagningen. Blixtsnabbt skapades en bra kemi mellan dem och han bjöd henne på middag samma dag.

— Min ex-pojkvän var en glad kille, sa hon på restaurangen den kvällen. Han skrattade ofta, men han var inte rolig. Nu är det jag som skrattar.

— Är det inte lite förtidigt att prata om din ex-pojkvän? sa han samtidigt medveten om att hon signalerade honom att hon var ledig och det gladde honom.

— Det kan bara vara försent.

— Var han läkare? undrade han.

— Nej, hur så?

— Du jobbar ju på sjukhuset.

— Vad har man av en läkare om man inte är sjuk?

— Vad sägs om en överläkare då?

— Underskatta aldrig en sjuksköterska.

— Särskilt om hon är ledig.

Hon kom till hans lägenhet först tre veckor efter den första dejten.

— Vad ska vi göra nu? undrade hon medan de kysstes.

— Alldeles ordinära saker.

Hon tyckte inte att de var så ordinära, hon var således nöjd, han med.

— Jag kan vara ditt guld, sa hon och kysste honom.

— Silver, helst.

— Varför!

— Allt som glimmar är inte guld.

Så började deras ganska långa förhållande. Det var en bra inledning, men så småningom blev det en kurva i deras förhållande i alla fall.

Cicmil stoppade sitt ID-kort i ett genomskinligt, vid kanterna blåfärgat fodral som skulle föreställa detektivlegitimation av något slag. "Visar man det bara blixtsnabbt, i en sekunds tiondedel och sedan stoppar det lika snabbt och trovärdigt rutinmässigt tillbaka i fickan kommer ingen att lägga märke till att det var ett fejk", tänkte han. Han tog det fram och stoppade tillbaka i fickan och upprepade det några gånger. Han kände att någon tid för att få rutin inte behövdes. "Folk har mycket annat att tänka på nuförtiden".

2.

"Har jag överansträngt mig?!"

Precis när han skulle gå ut föll in ett brev på golvet genom brevinkastet till hans dörr. Brevet var från jobbet. Hans första tanke var att han hade blivit uppsagt. "Det skulle inte vara konstig med tanke på hur mycket jag försummat mitt jobb genom en ideligen förekommande frånvaro, antingen genom alla sjukskrivningar eller genom alla dessa semesterdagar jag har samvetslöst utnyttjat långt innan den vanliga tiden för semestrar hade hunnit komma, tänkte han". Chefen däremot ville - till Cicmils stora förvåning - meddela att han ger honom ytterligare en veckas ledighet eftersom han insett att han överansträngt sig på jobbet i de sista fem, sex månaderna. "Det är en besynnerlig ledare jag har", tänkte han. "Har jag överansträngt mig?! Att gå till jobbet man inte gillar är redan en överansträngning i sig själv. Mot den oförklarligt inbyggda ansvarskänsla - trots avsky till sitt jobb - som leder till att överanstränga sig på jobbet finns bara ett läkemedel, att inte gå dit! Har han ingen aning om att jag precis sjukskrivit mig igen?". Han undrade också varför chefen inte skickat e-post, för brevet tar det en hel dag att komma fram, fast det var en sen post och förmodligen skickad samma dag. "Han hade säkert sin egen anledning till detta", svarade han på sin egen fråga. "När han skickade det visste han inte att jag skulle sjukskriva mig idag". Han gick in i hissen och tryckte på bottenvåningen. "Det är inte lätt att vara chef, enligt Spyridon - erinrades han -, "en tredjedel av dennes arbetstid går åt att långsamt dö av oro för sin maktposition, en tredjedel åt olika aktiviteter för att behålla den och en tredjedel åt att övertyga sina anställda, sina medarbetare om hur märkbara resultat det har åstadkommits under dennes korta ledning. Att mista maktpositionen är betydligt värre än att aldrig haft den. Dagens chefer inbillar sig inte att de är obestridda, av guden givna, oersättliga, nej, deras medvetenhet om att de är lätt utbytbara, som kanske aldrig förr, är så påtaglig att den nämnda oron är närmast outhärdlig. I ett sådant tillstånd, helt medvetna om att de är lätt utbytbara och därmed inte så viktiga, börjar de se på sina anställda som betydelselösa, deras problem som ringa. Om de anställda ändå fortsätter framhävda sina jobbrelaterade problem som relevanta då tillgriper deras chefer de välbeprövade åtgärderna, som till exempel att anförtro en psykolog som de anställda *bjuds* ha samtal med. De anställda blir då skrämda av tanken att bli utpekade som psykisk labila eller sjuka och vågar inte klaga, iallafall inte så högljutt som förr. De några få modigare vågar inte acceptera att de är problem utan förklarar att det är chefer som vållat ut allt elände. Då brukar psykologerna - fördolt glada för att de fått möjlighet till höga arvoden och av tacksamhet till dessa ledare - hejda - kraftfullt och bestämt - sådana påpekande som ovidkommande och påminna, tvinga anställda att inrikta sig mot att rannsaka sig själva och inse och känna igen sina egna problem, sina egna fel, att komma ut med sina egna brister och svagheter, begränsningar." Han gick ut ur hissen. "Den här ledaren passar inte in i vännens tolkning, han har ändå stulit nån procent från en av de tre givna aktiviteterna och ägnat sina tankar åt en sin medarbetare. I slutändan struntar jag fullständigt i min eller nån annans chef och dess oro lika mycket som i mina kunskaper och färdigheter, i mitt jobb, mitt yrke, vars benämning inte är nämnvärt nu förtiden", sa han för sig själv omedvetet viftande med högra handen precis när han förstod att han redan var ute, i den på grund av ökad molnighet blygråa miljön, där distraherades han av oväsen som kom från en parkeringsplats alldeles i närheten, där han fick bevittna något tragikomiskt.

3.

"Det skulle säkert förnedra honom ännu mer"

Det var en kvinnlig parkeringsvakt och en manlig bilägare samt en senare tillkommen fågel av någon art som var inblandade i det hela. Parkeringen var full med bilar, däremot kunde Cicmil inte se några förbipasserande, han var den ende som stod där och följde det som pågick i den gråvita, stumma omgivningen. Parkeringsvakten, en lång och kraftigt byggd kvinna, försökte anteckna något på sin mobiltelefonskärm men blev störd av en kort, smal och skäggig man som skrek åt henne. Kvinnan såg oberörd ut ända tills den skrikande mannen försökte ta den mobila telefonen ifrån henne. Hon drog undan telefonen och varnade honom. När han försökte göra det en gång till då tog hon honom i bröstet, lyfte upp en aning och kastade ett par meter ifrån sig. Men han gav inte upp utan gav sig på henne ytterligare en gång. Kvinnan vände honom väldigt lätt och pressade med den ena handen hans ansikte

mot bilens sidoruta och med den andra
handen knäppte upp hans byxor och drog
dem hastigt ner, sedan släppte hon honom.
Mannen vände snabbt om och försökte slå
henne med knytnäven i ansiktet. Hon vek lätt
undan och mannen tappade balansen, för
byxorna fortfarande var nerdragna, och
viftande med händerna föll ner på marken.
Hux flux flög ner en fågel, en kråka kanske,
Cicmil var inte helt säker vad för fågelart det
kunde vara. Den attackerade, av ett för
Cicmil oförklarligt skäl, kvinnans vänstra fot
vilket gav mannen en chans till en ny attack.
Först försökte hon skaka av sig några gånger
den envisa och påstridiga fågeln, då hon
misslyckades med sina försök sparkade hon
den i vredesmod, som om den vore en boll.
Hon lyckades än en gång övermanna
bilföraren men stannade inte där utan klädde
av honom med en sådan styrka och rutin att
den lille mannen som såg ut som ett lydigt,
litet barn i jämförelse med henne, förmådde
inte ge något särskilt motstånd utan bara
stönade där hjälplöst. Därefter fick hon tag i
hans långa skägg och drog honom kraftfullt
in i bilen med sin vänstra hand och med

högra handen började slå honom långsamt men hårt på den nakna rumpa som stack ut ur bilen. Den började bli röd. Cicmil började skratta, samtidigt övervägde att springa fram och skydda den stackaren men avstod göra det. "Det skulle säkert förnedra honom ännu mer", tänkte han. Den förnedrade lugnade sig äntligen ner och när kvinnan tillät honom krypa baklänges ur bilen stod han naken och andfådd där en kort tid och sedan började samla sina skor och de olika klädesplaggs. Kvinnan tog ett foto på honom, skrattande och pekande mot hans lilla kroppsdel, hotande att klippa den av nästa gång han vågar sig på henne eller någon av hennes kollegor. Han, erfaren av det han nyss hade gått igenom, vågade inte reagera utan tog på sig kalsongerna - blek i ansiktet och darrande i hela kroppen - satte sig i bilen och försvann hastigt därifrån. Allt kändes så surrealistiskt för Cicmil och han undrade om han kanske hade drömt det som just skett rakt framför ögonen på honom.

4.
... och inträda en ny värld

Han gick över gatan och kom in i en smal och
kort passage. För knappt fem år sedan kysste
han Martina för första gången i denna
passage, han tyckte det var lite skojigt
eftersom de gjorde det knappt två hundra
meter från hans lägenhet, men Martina var
inte beredd för ett vidaresteg vid den
tidpunkten. "Det kändes ändå bra", tänkte,
Cicmil. "Jag fick återuppleva min ungdom".
Han mindes hur glad och livlig och energisk
han var. Han trodde att han mådde bättre än
någonsin tidigare, så förälskad var han.
Vidare undrade han om kärleken behöll
samma form och innehåll, fast och av åldern
orubblig, eller om den bytte skepnad
beroende på erfarenhet; ibland tänkte han
det ena ibland det andra, till slut varken det
ena eller det andra. Han undrade plötsligt
varför Martina var totalt förändrad - ganska
långt innan hon skickade meddelandet till
honom - bara två, tre dagar efter hennes och
Spyridons biobesök. Sist hon var irriterat på

honom var när hon kastade hårtorken på
soffan. Sedan dess var hon likgiltig, till och
med accepterande mot hans oåtkomliga
beteende. Han tänkte svänga till höger i en
byggnad vars portkod var ur funktion - det
hade han upptäckt mycket tidigare när han
sökte efter en lämplig plats som utgångspunkt
för sin nya sysselsättning - och gå in och välja
en lägenhet att ringa på. Han kände hur en
ökande spänning spred sig någonstans från
magen åt olika håll mot hans andra inre
kroppsdelar. Han föreställde sig tydligt en
tunn röd linje knappt tio meter framför sig
som han skulle passera och inträda en ny
värld, en ny verklighet, möjligen utan
återvändo. "När jag kramade och kysste
henne här för första gången tyckte jag att en
ny värld hade öppnats för mig, att jag skulle
inträda den och stanna kvar där, för gott.
Men det blev inte så. Nu tycker jag detsamma
trots att den tidigare erfarenheten
(erfarenheterna) säger det motsatta", tänkte
han. "Är det en tillfällighet eller är det givet
att vi byter världarna genom tiden vi rör oss
igenom? Jag lämnar ett kärleksförhållande
och en vänskap bakom mig för gott och

stegar i en ny värld för gott - för gott?"
undrade han när plötsligt den sparkande
fågeln dök upp igen.

5.

— Förresten är det ingen konst att kunna tala idag

Den uppenbarade fågeln skrämde Cicmil så att han kände svaghet i båda knäna, han förstod att det var en oskälig rädsla - folk brukar inte bli rädda för skadade fåglar - men kunde inte helt behärska den. "Det är otroligt hur den har överlevt. Den är smutsig, den haltar påtagligt, dess ena öga är halvt stängt, det är nått som inte stämmer med dess vinge, den kan absolut inte flyga men den rör sig i alla fall och den går rakt mot mig. Avsiktligt verkar det så".

— Vad vill den, attackera mig? undrade han omedvetet högt.

— Oroa dig inte, mannen, det tänker jag absolut inte göra, sa fågeln lugnt och lugnande, tittande samtidigt mot marken som om den letade efter några eventuellt ätbara korn på den.

— Vad är du för en fågel?! sa Cicmil och backade försiktigt en eller en och en halv meter, tittande sig omkring i tro att det var någon människa som talade gömd i närheten, försökte skoja med honom.

— Jag är faktiskt en kråka. Herr Sverin kan du gärna kalla mig. Herr Uccello Sverin! Det var jag själv som döpt mig till det, sa herr Sverin med uppenbar stolthet.

— Att du är en kråka kan jag nog gissa!

— Nå, nu behöver du inte gissa. Nu vet du vem du pratar med.

— Ja, men det är inte så jag menade, sa Cicmil och fåran mellan ögonen på honom förstärktes.

— Vad menade du då? Det måste vara mitt nuvarande utseende, inte konstigt, jag har gått igenom något traumatisk - väldigt traumatiskt! - nyss. Att titta på mig är inte precis en vacker syn. Ja, mannen, herr Sverin har onekligen haft bättre dagar.

— Du kan tala!

— Och?

— Och?! Och?!!!

— Och?!

— Tycker du inte själv att det är högst ovanligt att du besitter talförmågan? Har du kanske glömt att du bara är en fågel?

— Har du aldrig träffat en fågel som kan tala? sa kråkan och pickade något den förmodligen tyckte vara ett vetekorn. Dessutom är jag en fågel, inte *bara* en fågel, och jag har inte glömt det.

För Cicmil såg det däremot ut som en alldeles vanlig, pytteliten sten kråkan pickade men han tänkte inte uttrycka sig om saken utan svarade på dess fråga:

— Ja, det har jag faktiskt gjort ett par gånger, och det var papegojor som inte hade den blekaste aning om vad de talade om.

— Tror du att jag inte vet vad jag talar om? sa fågeln upprört. Tror du att jag inte vet vad jag talar om?!!! Har jag tills nu sagt nått meningslöst? Säg det! Var god och säg det!

— Det verkar som om du vet vad du talar om eftersom du förstår det jag talar. Du behöver inte vara så upprörd, jag berättar bara det som anses naturligt, som ansetts naturligt tills nu, i alla fall.

— Jajamensan! sa herr Uccello i något lugnare ton. Jag kan förstå utmärkt, och tala kan jag synnerligen bra, och jag har alltid något vettigt att säga. Det finns egentligen många fåglar som kan tala nuförtiden, det är bara så att du inte märkt detta förrän nu. Jag har upptäckt att andra så kallade djur också kan tala men de - av kanske förståeliga anledningar! - döljer det. Förresten är det ingen konst att kunna tala nu för tiden. Det duger att förmå uttrycka: "Inledningsvis, hm... hm... å den ena sidan... å den andra sidan... och avslutningsvis".

— Okej, herr Sverin, du kan tala vettigt, det tänker jag inte ifrågasätta.

— Bra, tack! Nu går det här samtalet i rätt riktning!

— Men jag undrar samtidigt om det också var vettigt att attackera den där vakten och just då när hon försvarade sig från en annans attack?

— Hur så?

— Var det inte ett lite orättvist agerande från din egen sida? Skulle det inte vara mer vettigt att försöka skilja åt dem, om du redan bestämt dig att ingripa? Eller att åtminstone inte alls ingripa? Betrakta eventuellt den märkliga händelsen från en fågels perspektiv?

— Varför gjorde du ingenting?

— Jag hade min anledning till detta, svarade Cicmil.

— Okej... Det var inte den stora flicka som var attackerad, tvärtom! Det var hon som var den attackerande, ska du veta... Går det bra om jag duar dig?

— Det går alldeles bra, svarade Cicmil. Men jag såg något helt annat med mina egna ögon och det var just hon som var attackerad! Bilägaren försökte till och med slå henne med knytnäven.

— Onekligen, men kom ihåg att man kan se på saker och ting med olika ögon, du valde att se på allt som hänt med ett slags ögon så att säga, och det är alldeles okej. Omedvetet eller inte valde du ditt eget perspektiv, kanske det som du brukat välja - av din egen eller någon annans vilja - eller ett nytt - av din kanske egen vilja, tillfälligt. Du ska dock komma ihåg att jag är en fågel och att vi fåglar har det privilegiet att se på saker och ting från ett - som du redan nämnt det -, fågelperspektiv. Du har ju hört talas om det. Här vill jag tillägga att det finns olika fågelperspektiv.

"Den här fågeln är uppkäftig", tänkte Cicmil förtretat. "Det skulle vara bäst att jag slutar diskutera med den och går min väg. Å andra sidan är jag för nyfiken för att inte höra vad den besynnerliga, bevingade, talande varelsen tänker uttala sig om saken i frågan från sitt eget fågelperspektiv. Hm, en fågel som pratar om fågelperspektiv".

— Okej, fågeln... kråkan, förklara från den talande fågelns fågelperspektiv för mig vad du menade med det.

Det tycktes honom som om kråkan inte lyssnade på honom och ville gå sin väg men den sträckte bara försiktigt först på sitt skadade ben och sedan den möjligen brutna vingen och därefter sa:

— Det var ju parkeringsvakten som kom och störde den svage bilföraren, det var uppenbart.

— Ja, men hon gjorde bara sitt jobb, sa Cicmil. Det måste vara så att föraren felparkerat eller att parkeringstiden gått ut. Han kom i klammeri med rättvisan och försökte med våld slippa böter, det var en enkel filosofi. Så uppenbart, så uppenbart, eller hur?

— Det var i själva verket bilägaren som gjorde sitt jobb, sa kråkan långsamt och med en nästan pedagogisk ton i rösten och försökte jämka sin skadade vänstra vinge. Bilägaren försvarade sig själv, i alla fall försökte göra det. Parkeringsvakten gjorde däremot inte sitt jobb, den gjorde hon för någon annan, alldeles medveten om att inte vemsomhelst stod bredvid hennes sida fick hon en stor styrka och behärskning. Ja, man ska se saker och ting i en bredare kontext! Den stackare bilägaren var däremot ensam i sin kamp, han hade ingen vid sin sida, och det var givet att förlora den orättvisa kampen och bli utsatt för förnedringen. Det var en modig, liten man som gick in i en orättvist strid.

När herr Sverin slutade tala gapade han ett par gånger och Cicmil hade svårt att avgöra om det var ett naturligt gäspande, ofrivilliga ryckningar förorsakade av skador eller ett medvetet försök att avleda uppmärksamhet från sitt tal.

6.
"Hur fick fågeln veta det om mig?"

— Var det verkligen din ädla rättskänsla den avgörande orsaken till din ingripande? frågade Cicmil med förväntan till ett uppriktigt svar av herr Sverin.

— Du förväntar dig väl få ett uppriktigt svar av mig? undrade kråkan som om den kunde läsa Cicmils tankar.

Cicmil nickade. Herr Sverin som hade befunnit sig så pass nära honom och förmådde inte lyfta upp huvudet på grund av sin skadade nacke och se Cicmils nickande, upprepade frågan:

— Du förväntar dig få ett uppriktigt svar, eller hur?

— Ja, det gör jag, svarade Cicmil.

— Nej, nej, det gjorde jag inte på grund av det, i alla fall var det inte huvudorsak till mitt agerande (fast jag ångrar ingenting). Så naiv är jag nog inte att tro att min, en fågels, en kråkas - om än en talande kråka! - enskilda handlande skulle göra den minsta skillnaden i en väletablerad samhällsorganisation. Jag gjorde det först och främst för att du skulle uppmärksamma mig. Det har jag velat ett tag nu, måste jag medge. Blott behövde jag ett lämpligt tillfälle. Allt kom när jag minst förväntat mig, men jag befann mig i närheten och utnyttjade tillfället. Jag ingrep ju fast med närmast förödande konsekvenser för min egen hälsa.

— Det kunde du göra på ett mindre dramatiskt sätt om du avvaktat till ett annat mer lämpligt tillfälle.

— I så fall skulle du aldrig få veta vad herr Uccello Sverin är kapabel till, vilka risker jag är kapabel att utsätta mig för. Jag är inte den ytlige "Inledningsvis, hm… hm… å den ena sidan… å den andra sidan… och avslutningsvis".

— Vad har det med mig att göra? Varför skulle jag bevittna vad du är kapabel till? frågade Cicmil med en sarkastisk röst och en lika sarkastisk grimas. Samtidigt började han ana vad allt detta gick ut på. "Hur fick fågeln veta det om mig, min hemlighet?" undrade han. "Det är en nyfiken kråka, den hade kanske förföljt mig endast på grund av sin nyfikenhet. Den verkar inte precis haft ont om tid".

— Jag tror att du redan gissat det, för din nya verksamhet skulle min tjänst vara guld värd. Jag kan ju flyga, jag rör mig således snabbare än du, mitt synfält är vidare än ditt och jag ser mycket bättre än du. Du är väl bekant med detta? Dessutom kan jag tala människospråk. Finns det nån och nått bättre du kan tänka dig just nu? sa herr Sverin och Cicmil tyckte att han såg ett frapperande nog människoliknande leende på fågelns ansikte.

— Är du helt säker på att du kan flyga igen? Tycker du inte att du behöver en professionell hjälp i ditt nuvarande tillstånd?

— Ja då, jag återhämtar mig snabbt, det vet jag. Dessutom tror jag inte att jag fått några bestående skador.

— Hur kan du vara så säker på det? Det verkar som om du är svårt skadad. Din högra vinge oroar mig faktiskt.

— Tack vare min långa livserfarenhet, och världserfarenhet, svarade kråkan stolt. Jag har gått mycket igenom. Om tre, fyra dagar flyger jag som jag brukar göra...

— Skulle det inte vara klokt att ändå gå till veterinären? Jag skulle gärna hjälpa dig.

— Nej, men tack i alla fall. Jag undrar förresten om du har lust att göra mig en liten tjänst?

— Absolut, om det inte är nån omöjlig tjänst, svarade Cicmil, i slutändan tyckte han synd om herr Sverin. "Är det tecken på min plötsligt väckta empati eller på min medvetenhet om att det finns de som har det värre ställt än jag själv", funderade han.

— Hur var namnet, förresten?

— Cicmil. Cicmil heter jag. Att jag missat presentera mig tidigare ber jag om ursäkt, såna samtal är precis inte nått jag är van vid. Inte heller du har haft många såna, är jag helt övertygad om.

— Jag förstår, jag förstår, jag skojade bara, jag skojade bara i början, sa herr Sverin med ett leende och ett abrupt avslutat försök till skratt, antingen på grund av ontet i nacken eller för att han inte än lyckats till fullo behärska det mänskliga skrattet. Ja, du har rätt, jag har undvikit sådana möten, du vet... man vet aldrig vad det skulle ledda till, ni människor är besynnerliga, ni utforskar, utreder, undersöker, ni kartlägger, kategoriserar, dokumenterar…

Cicmil log. Han tyckte att han börjat tycka om herr Uccello.

— Cicmil, sa herr Sverin kisande genom sitt friska öga och sträckande igen på benet, jag ser att det är knappt ett stenkast till den närmaste mataffären och undrar om du kan avvara en tjugolapp och köpa mig en påse majs- eller vetekorn eller nått liknande där? Jag skulle vara väldigt tacksam eftersom jag har jättesvårt att själv komma åt maten för tillfället. När jag börjar flyga igen kommer jag säkert att hitta en sedel nånstans och då får du dina pengar tillbaka.

— Visst gör jag det på en gång, svarade Cicmil och sprang genast till affären. Efter fem minuter - han hade tur att det inte fanns någon kö vid kassan - kom han tillbaka men hittade inte fågeln där han lämnat den. Han undrade om han blott hade inbillat sig mötet med den talande kråkan. "Gick det så långt att jag till och med gått och köpt en påse majskorn?" tänkte han förbryllat. "Jag går min väg, genast, och glömmer allt det här.

— Här är jag, här är jag, Cicmil! hörde han plötslig fågelns röst och såg sin nya bekant gömd under en liten trappa som ledde till ingången till en bostadsbyggnad fem, sex meter längre fram. Han greps av medlidande vid åsyn av den skadade fågeln och den ensamheten hela dess figur gav uttryck åt.

— Det är faktiskt inte majskorn utan popcorn. Jag beklagar verkligen att jag inte kunde hitta exakt det du önskat.

— Det gör detsamma, när det gäller maten är vi fåglar inte så kräsna som ni människor, våra magsäckar är rätt så starka.

— Ska jag... hälla ut hela påse här bredvid dig eller...?

— Det räcker med en halva och sprid det omkring mig, återstående delen av påsens innehåll kan du gärna hälla ut i två små högar ner på marken... i gräset... Bra, kanonbra! Tusentack, Cicmil! Tusentack!

— Det var så lite så, det var så lite så, sa Cicmil och tog upp en tom crème fraîche-förpackning ur gräset och hällde vatten ur en vattenflaska han köpt i affären i den. Nu har du det livsnödvändiga och behöver inte känna dig orolig, du kommer säkert att bli bättre inom kort.

— Gå din väg nu, gå din väg nu och var snäll och tänk på det vi pratat om. Leta inte efter mig, det blir jag som hör av mig vid ett passande tillfälle - hoppas, är helt övertygad om att det blir snart. Då kan jag stå dig till tjänst med mina värdefulla och användbara förmågor, sa herr Sverin och den här gången sträckte inte bara på vingen och benet utan också på nacken.

— Du, fågeln... herr Uccello Sverin, det var ett rent nöje att råkas, ett oförglömligt möte var det, måste jag framföra här. Förresten glöm pengarna, du är inte skyldig mig nått, dessutom är det svårt att råka finna sedlar med alla dessa betalkort som numera finns... Och krya på dig! sa han vinkande, övertygad om att herr Sverin inte skulle klara sig i mer än ett par dagar, och gick sin väg, mot sitt mål.

— Vänta, vänta ett tag!

Cicmil stannade.

— Vart är du på väg nu? frågade herr Uccello med hes röst.

— Till "generalrepetition".

— Ja så! Jag förstår! Jag förstår! Lycka till! Lycka till! Jag ser fram emot att höra hur det gick med din första erfarenhet. Inom kort kommer vi att ge oss in i ett stort äventyr tillsammans, på ett riktigt uppdrag, som riktiga partners. Vad sägs om det?

— Tack, tack! herr Sverin! Jag vill avsluta dagen på ett propert sätt. Imorgon ser jag hur jag går vidare med allt detta, men det blir en annan story. Nu går den första berättelsen mot sitt slut och det blir spännande att se hur det blir. I alla fall, herr Uccello, samtal med dig har ännu mer förstärkt min tro på det jag håller på med och det tackar jag av hela mitt hjärta dig för.

— Dig tackar jag med för att du ville tala med mig och lyssna på det jag var intresserad av och att du tagit det i beaktande, Cicmil. Nu ska jag ägna mig åt mitt snabba tillfrisknande, jag ser fram emot ett givande samarbete med dig. Du kan också ha i mig en trogen följeslagare.

7.

"Nej, jag kan förstå den men är snarare oförmögen att hitta mig själv i den"

Cicmil kände lukten av stekt paprika och det påminde honom om att han inte ätit något hela dagen. "Två kokta ägg åt jag ändå imorse, minns jag nu. Bra saltade men inte en enda brödsmula. Så gärna skulle jag äta ett par stekta paprikor nu, med lite salt och crème fräsch på. Och en källarfranska! Men bara en, högst två, äter jag en ordentlig måltid får jag lika ordentligt huvudvärk. Ändå behöver jag stoppa nått i munnen och om en stund blir det wienerbröd hemma hos Modesta", tänkte Cicmil tröstande sig själv. Han tänkte på herr Sverin och undrade om det ändå inte skulle vara så tokigt att på allvar tänka igenom hans förslag. Problemet var bara att han hade hittat en trogen följeslagare, Modesta, och att det skulle vara lite ovanlig med två sådana. Han undrade hur herr Sverin skulle ta emot det.

"Men vänta, han sa *Du kan också i mig ha en trogen följeslagare.* Han sa *också!* Då visste han det. Märkligt! Det är ändå bättre så! Vi skulle kunna vara ett bra team om vi fördelar våra roller: Modesta blir verksam på marken och Uccello på himlen, och jag nånstans mittemellan", såg han som en lyckad lösning på sitt dilemma. Vid ingången till bostadsbyggnaden han ville gå in och pröva sina färdigheter (för-färdigheter) i detektivarbete stod en medelåldersman och en flicka i tolvårsåldern. Mannen stod väldigt nära flickan och det kändes som om han hade spärrat vägen åt henne. Hon stod med ryggen mot väggen och när Cicmil kom närmare såg han att hon var blek i ansiktet och såg rädd ut. Mannen var av medellängd, på gränsen till överviktig och hade en gulröd keps på huvudet. I Cicmils ögon såg han inte mer vanlig eller ovanlig än någon annan eller han själv. Han knackade, precis som man brukar knacka på dörren, lätt ett par gånger på mannens axel. Mannen, som uppenbarligen inte lagt märke till Cicmil blev skrämd och hoppade en meter åt sidan.

— Allt väl, lilla flickan? frågade Cicmil utan att titta på mannen och snabbt drog ut sin låtsas legitimation ur fickan utan att visa den för mannen.

Medan flickan teg backade den skrämde i röda kepsen, långsamt två, tre meter, tittade mot marken som om han tappat något och kort därefter vände om och sprang från platsen, hållande fast i kepsen med fingertopparna. Cicmil tittade efter honom och det tycktes honom som om mannen inte sprang från någon eller något utan mot någon eller något. "Det var en slug jäkel", tänkte han, "springer på ett sätt som får folk att tro att han är kraftigt försenad nånstans. Han kunde vara mitt första riktiga fall. Jag anlitar mig själv för att avslöja honom. Modesta på marken, Sverin på himlen och jag nånstans mittemellan".

— Vad heter du? frågade han flickan med en mild röst.

Det kändes som om en vind var på tilltagande.

Flickan svarade inte, utan tittade efter den försvinnande mannan som om hon väntade på hans oåterkalleliga upplösning i det okända. Cicmil kände en, två stora regndroppar på ansiktet.

— Vad heter du? upprepade han frågan med ännu mildare röst.

— Maja.

— Maja! Vilket vackert namn! Det räcker för att vara lycklig hela livet bara med ett sånt vackert namn!

— Jag vet inte. Kanske?

— Bor du här?

— Nej, det gör jag inte.

— Var bor du då?

— I närheten, svarade hon och pekade mot samma håll där den nämnde mannen hade flytt, men tittade inte i den riktningen utan fäste blicken på Cicmil.

— Bra! Maja, du borde gå hem nu. Jag hoppas du tycker jag har rätt när jag säger det. Dessutom verkar det som om det börjat regna. Gå hem nu. Och berätta för dina föräldrar vad som hänt idag.

Hon gav honom ett blygsamt tacksamhetsleende och sprang därifrån och han tittade inte efter henne i väntan på att hon skulle upplösas i det okända. Han öppnade snabbt ingångsporten och gick in i byggnaden.

"Jag minns inte att det var så här på den tid jag var i denna flickas ålder. Det fanns säkerligen sådana företeelser men mer i berättelserna av de äldre och jag som barn lärde mig vara på min vakt trots att jag aldrig hört att nått barn jag eller någon annan hade känt drabbats av det. ´Barn, akta er för män som vill ge er godis´, avslutades ofta de äldres tal. Jag minns än gång för länge längesedan - jag var inte mer än tolv år gammal - min morbror var på besök hemma hos oss med en vän till honom. Det var ont om sovplatser och min morbrors vän föreslog på skoj att vi, jag och han, skulle kunna sova i samma säng. Jag förstod alldeles bra att det var på skoj och att det var min morbror som övertalade honom till ett sådant förslag bara för att retas med mig på grund av min blyghet, ändå avböjde jag förslaget, genast och kategoriskt tack vare de berättelserna de gamla berättade för oss barn på den tiden. Men idag när man vet att bara osäkerheten är säker är det svårt att säga nått vettigt, nått beständigt. Det klassiska uttrycket att *allt flyter*, att allt förändras - vad skulle den gode gamle greken säga idag? - har förkroppsligats till sitt yttersta - till absurd! Numera är jag endast säker på att man oftare klipper fingernaglarna än tånaglarna, men ingen regel utan undantag. *No Country for Old Men*, nämnde Spyridon en gång titeln på en bok han läst eller en film han sett. Hursomhelst har jag ingen aning vad den boken eller filmen handlar om men boktiteln frestas jag tänka på nu. Jag är långt ifrån *old man* men har svårt att förstå världen jag lever i. Nej, jag kan förstå den men är snarare oförmögen att hitta mig själv i den. Exempelvis den där... den där mannen såg väldigt snäll ut, men snällheten visade sig vara falsk. Med min ankomst förvandlades falskheten till en påtaglig rädsla, kanske till och med lika stor den stackars flickan kände. Det är inte lätt att leva i en miljö där allt fler blir rädda - såväl de falska som de snälla - där bävan blir ett allmänt läge, en gemensam olycka. Olyckorna misstar sina mångfacetterade kännetecken, de globaliseras, alla olyckor blir liksom en olycka och med det blir eländen mycket -

mycket! - tyngre. Vår största olycka blir rädslan, men inte den ursprungliga utan den oidentifierbara. Är det verkligen så att ett par stora osynliga, men kännbara ögon tittar på nästan alla oss? *Nästan* eftersom dessa ögon hör till de utanför det *alla*, dessa ögon är skyldiga både för det *alla* och det *nästan*. Och det är bara så att dessa ögon är brokiga och föränderliga, de är inte enformiga som den värld de övervakar. Hör jag till dem som lyckats synliggöra dessa hotande ögon endast för mig själv och blir galen eller blir rädd för att betraktas som en sådan om jag försöker synliggöra dem för andra? Utan bevis, eller åtminstone starka argument är det ju lättare att neka existensen av det osynliga än att hävda dess existens. Det är bäst, det skulle vara bäst - och det är faktiskt det jag håller på med - att jag går över den röda tunna linjen och förflyttar mig i den nya, fiktiva världen med min icke-fiktiva kropp; den fiktiva kommer att spridas in i mina sinnen och från dem till mitt blod, kött och ben...", då avbröts plötsligt hans tankegång av att dörren till en lägenhet öppnades för honom.

8.

— Kom in, detektiven!

— Privatdetektiv... sa mannen i dörren när Cicmil hade presenterat sig själv och kortfattat förklarat skälet till sitt besök och stoppat legitimationen tillbaka i fickan.

Han kunde inte avgöra om det var en fråga eller bara en bekräftelse av hans presenterande ord och sa:

— Ja...

— Privatdetektiv, upprepade mannen ordet långsamt nickande. Hans ansikte avslöjade varken välkomnande eller avvisande. Han var iklädd en vit, långärmad skjorta och blåa jeansbyxor. På sig hade han tofflor, de var nyköpta enligt Cicmils bedömning. Han var lång och stor, kortklippt, nästan skallig, med långt skägg, vilket gjorde honom ännu större och skrämmande i Cicmils ögon.

— Ja..., sa Cicmil en gång till och nickade långsamt och obeslutsamt.

— En pedofil i vårt område, säger du. Det var det värsta!

— Ja, just precis, sa Cicmil och genast ångrade sin naivitet.

— Privat detektiv!

Cicmil teg den här gången.

— Var så god! Kom in, detektiven! sa mannen, oförväntat, med höjd röst, tittande någonstans i det obestämda ovanför Cicmil. Samtidig tog han honom i armen med sin vänstra hand och drog snabbt in i lägenheten.

Överrumplad hann Cicmil inte göra något motstånd och snabbt hamnade, nästan springande in i ett rymligt, rektangulärt förrum. En oval spegel och en kritvit matta han stod på var det enda han observerade innan han hade mottagit ett knytnävslag i vänstra kindbenet av värdens högra knytnäve - som ett "välkomsttecken". I spegeln hann han se både sitt förvridna ansiktsuttryck och anfallarens förstenade leende. Slaget var inte precis, Cicmil tappade balansen men föll inte ner på golvet. Nästa knytnävslag kom också väldigt snabbt och han blev träffad rakt i munnen. I sista delsekunden innan slaget hade kommit hann han ändå rycka huvudet tillbaka två, kanhända tre centimeter och på så sätt amortera slaget i så pass nödvändig grad för att slippa förlora medvetandet. I ögonvrån såg han ett skoställe, cirka en meter långt och lika så högt, drygt ett par meter till höger om sig. Blixtsnabbt flög en händelse från hans studiedagar genom hans hjärna, vilket skänkte honom en räddningsidé. Han befann sig på ett disco med några vänner när det plötsligt dök upp en bekant, en lång kille som rört sig i studentkretsar. Han hade hört att Cicmil var judoutövare och ville för skojs skull utmana honom, pröva om hans judoskicklighet stämmer så bra som det talas om i en match med en stor kille som han var. Utmaningen accepterade Cicmil med glädje på en gång. Allt som hade börjat som ett skämt förvandlades till allvar. När den långe utmanaren insåg att han inte kunde få Cicmil ner på golvet blev han allt mer envis och våldsam i sina försök. Det var allt jobbigare för Cicmil att ta sig ur från hans starka grepp. Plötsligt kände han ett varmt element tätt bakom sig. Han stödde sig på det och låtsades tappa orken, hållande ögonen halvöppna, nästan stängda för att inte avslöja sitt nästa drag för motståndaren som kände sig överlägsen och tog ett självsäkert steg framåt med vänstra benet och spände det för att få balans. Då utnyttjade Cicmil tillfället för att snabbt reagera, han tryckte med högra armen hans överkropp nedåt och med vänstra armen drog hans armbåge mot sig och uppåt. Han kände att han skulle vinna denna "match" och förnam en stor segerglädje. Lätt, med sin högra benvad, ställd mellan ynglingens fötter, rensade han undan hans högerben bakifrån framåt. Ynglingen föll, under Cicmils tillsyn, på ryggen. *Maximalt resultat - minimal ansträngning* hade Cicmil uppfyllt som en av de två judosportens målsättningar. Den andra var inte uppnådd, den skulle vara *ömsesidig avseende glädje*. Han grep honom snabbt runt nacken med högra armen och tryckte på hans bröstkorg med högra sidan av kroppen samtidigt hållande hans högra arm med sin vänstra. Ynglingen blev hjälplös och kunde inte befria sig från hans fasthållningsgrepp. När Cicmil kände att han hade hållit honom fast under sin kontroll en tillräckligt lång tid, tills allt motstånd försvunnit, släppte han honom och reste sig raskt upp och backade ett par meter, beredd för en eventuell attack. Den synbart upprörde besegrade kände sig förnedrad och började hota de omkring skrattande åskådarna men vågade inte ta revansch mot Cicmil. Nu gällde det att lyckas komma fram till skostället. Det krävdes - som i schackspelet där det offras några figurer för att motståndarens kung skulle bli matt - att offra sin kropp, att ta emot ett par slag till i ansikte eller revbenen eller njurar för att uppnå sitt syfte, och här kändes det att det bokstavligen var att kämpa för sitt eget liv. Han höll manen i skjortkrage med högra hand och med den vänstra i hans vänstra underarm och försökte få honom gå till höger mot skostället. Mannen befriade sin vänstra arm och slog Cicmil i revbenens högra sida. Det var ett hårt slag och Cicmil kände att han tappat andan men slaget gjorde så att de kommit till skostället. Mannen hann ge honom ytterligare ett något svagare slag i ansiktet och det var mannen som plötsligt stod stödd mot skostället, nästan satt på det. Cicmil tryckte honom mot det och mannen gjorde ett halvt medvetet motstånd, tog ett steg framåt och nu vilade nästan hela hans kroppsvikt på högra foten.

Cicmil tog ett steg bakåt med sin vänsterfot, snurrade runt, sträckte högra benet och tryckte med högra handen hans vänstra sida; ovilligt följde mannen åt samma håll och tappade balans. Cicmil drog honom med vänstra handen över sitt högra ben, mannen flög över det och föll tungt på ryggen; Cicmil dragen av hans vikt föll på honom. Mannen tappade andan och gapade som en fisk på det torra. Han fick en hård örfil av den uttröttade Cicmil som lyckades räta upp sig, vända om och gå ut ur lägenheten. Han tog inte hissen utan, andfådd och bedövad, gick instinktivt nerför trapporna, gungande och kämpade för att inte kollapsa.

Han spydde ute i det nu redan etablerade regnet. Hans mage var tom och det kändes som om han spydde gallan. Det gjorde ont både i magsäcken och i halsen. Han kände också ont både i kinderna och munnen när han försökte torka ansiktet. Han stod i passagen och kunde därifrån se den belysta ingången till sin bostadsbyggnad, det kändes som om det var mycket längre än tvåhundra meter till den. Han gick långsamt över gatan,

stannade för en stund på parkeringsplatsen
och tog ett djup andetag och omedelbart
spydde en gång till. Han slog tre gånger
portkoden innan det blev rätt. När han kom
till hissen och öppnade den såg han en
kvinna står där, förskräckt. Han steg in och
kollapsade rakt i hennes famn.

Kapitel III

1.
Ett infall, inget annat

Modesta skrattar ohejdat och han kan se alla hennes tänder och gläds åt att nu efter drygt tre dagar kan öppna båda ögonen och se genom båda fast inte lika bra.

— Varför skrattar du? undrar han och lät påverkad av hennes skratt.

— Åt din text, den här udda berättelsen.

— Det är inte min text, det är ett brev jag fått av min chef och mekanisk stoppat i byxans bakficka när jag var på väg ut för några dagar sen.

— Det är inget brev, du har stoppat det i det högra men i det vänstra har du stoppat din berättelse. Jag har inte snokat i dina fickor, tro på mig, de föll ner på golvet när jag tog byxorna av dig och först imorse efter nästan fyra dagar kunde jag inte motstå från att läsa den. Det andra, brevet har jag inte läst ett enda ord av, jag lovar.

— Jag bryr mig inte om du läst det. Vad är det för berättelse du pratar om?

— Det borde du veta, det har du väl skrivit.

— Det är kanske Spyridons. Då och då ger han mig nån kort text att läsa.

— Nej, det står att den är skriven av dig, - förnamn och efternamn - till och med datum. Din berättelse skrevs för... nästan fem månader sen.

— Vad är det för berättelse?

— Det blir lite torrt att bara återberätta den. Det är bäst att jag läser den högt för dig. Den är rolig och håller mig från att somna, jag har sovit väldigt lite sen du föll i min famn i hissen

— Okej, gör det, jag har sovit så mycket att jag behöver nått dumt som uppmuntran.

— Bra! Då läser jag den för min rekonvalescent.

När jag vaknade i söndags förstod jag genast att jag hade dött. Visst tog jag det väldigt svårt till mig, men jag hade inget annat val än att

acceptera den omskakande nyheten - döden är ju trots allt oåterkallelig. Så jag började - så fort jag hade någorlunda återhämtat mig från den första chocken (man kan ju aldrig på riktigt återhämta sig från sin egen död) - förbereda mig för de kommande dagarna. Först duschade jag mig och sedan tog på mig de finaste kläderna jag hade - man ska lämna ett gott sista intryck på de sörjande på sin begravningsdag. Detta inte på grund av de mest nära och kära - deras stora sorg kommer att distrahera de från granskning av mitt utseende - utan de bekanta som säkerligen skulle kasta negativa kommentarer om mitt utseende i den allvarliga stunden. Jag klädde alltså på mig en ljusgrå kostym av en rätt hög kvalitet. Skjortan var snövit, det skulle passa som en bra motvikt mot dödens färg som de flesta ju föreställer sig som svart. Det var lite svårare att bestämma vilken slips skulle passa bäst i det oönskade läget. Till slut bestämda jag mig för en som var i samma färg som kostymen, fast den hade små svarta och vita prickar på sig vilket gjorde hela min figur mindre stel än den faktiskt var. Valet av skorna var däremot utan beslutsångest, alla mina skor var svarta och det var bara att ta på sig de minst begagnade. Eftersom jag är gråhårig trots min relativt låga ålder, var skorna det enda svarta på mig, det enda som matchade dödens färg och det kändes bra, nej det kändes inte alls bra, det kändes rimligt vill jag mena. Nästa steg såg jag som mer krävande (ordet kvävande skulle lika bra passa här), både avseende tiden och sin komplexitet. Dödsbudet handlade det om! Det är sällan att någon inte kan förstå det! Hur skulle jag på det mest lindriga sättet informera mina föräldrar och min bror om min plötsliga död? undrade jag. Jag ville inte dra ut på tiden med det; vänta till kvällen när folk börjar gå och lägga sig med tanke på att sova gott inför den första arbetsdagen ville jag inte göra. Väldigt snabbt förstod jag att jag inte skulle klara att göra det själv. Blotta tanken på min mammas reaktion gjorde så att jag skulle dö på en gång om jag redan inte gjort det. Detsamma angick min pappa som säkert i några år tänkt på att jag äntligen skulle gifta och stadga mig. Eller min bror? Hur skulle dödsbudet drabba honom, med tanke på att han förlorat sin storebror som inte ens fyllt trettionio år - sin enda bror!

Nej, det måste någon annan göra åt mig, drog jag slutsatsen resolut. Vem skulle vara mest passande? Dödsbudbärare! Min bästa vän? Svårt att tro på det, han skulle för det första inte tro på mig. "Du skojar, bästis", skulle han garanterat säga. "Vi satt på puben så sent som igår kväll och du verkade för frisk ut för att bara så dö nästa morgon". Själv skulle jag inte tro på honom om det var tvärtom, det vill säga om han hade dött och ringt mig för att meddela om det. Jag skulle inte kunna övertyga honom om min bortgång därför att jag inte skulle kunna komma med något trovärdigt bevis. Det enda sättet skulle vara att be honom komma hem till mig och själv övertygas om det. Tyvärr skulle baksmällan inte tillåta honom det, i alla fall inte förrän nästa dag efter jobbet. Det kändes inte bra, inte för att jag hade bråttom, jag hade ju gott om tid (som jag aldrig hade när jag var levande) utan för att det skulle vara fruktansvärt för mina föräldrar och min bror att leva med det faktum att jag var död i drygt ett dygn innan man upptäckte det. Knappt en timme som död förstod jag att tidsbegrepp uppfattas annorlunda av de döda än av de levande. Det blir bäst att *jag ringer, nej, skickar ett meddelande till min näst bästa vän. Telefonsamtalet skulle göra saken mer invecklad. Jag skulle meddela honom det eftersom han skulle kunna ta en mer känslomässig distans från dödsbudet än min bästa vän, att inte tala om min bror eller om mina föräldrar. Vad händer om han blir förvirrad? Om han i sin förvirring ringer min bästa vän och frågar om det var ett osmakligt skämt vi två kommit på. "Skoja aldrig med sådant! Till och med om det var första april vilket det visserligen inte är". Min bästa vän skulle naturligtvis hävda att han inte hade något med ett sådant skämt att göra. "Dessutom var jag med honom på puben och han var i väldigt gott skick". Det måste, tänkte jag, vara någon med mer distans till det sorgliga som hänt mig. Då kom jag på en arbetskollega till mig, honom kände - om inte så bra - min bror och mina föräldrar. I alla fall har de hört talas om honom och allt de hört var positivt. Det skulle öka trovärdigheten i hans ord. Jag blev inte glad när jag påmindes om att han hade gift sig, att han och hans käraste åkte på smekmånad för tre dagar sedan. Hur kunde jag glömma det så fort? Det* måste vara så att vi döda glömmer lätt de levande, redan i första början av sin död. Det är de levande som inte så lätt glömmer oss döda. Jag tyckte att det var en logisk slutsats, att det inte behövdes göra någon särskild undersökning om det för att hänvisa till det jag pratade om. Jag hade ytterligare en person till mitt förfogande. Det var min flickvän! Trots chocken skulle hon springa - köra bil skulle hon inte kunna klara i dessa stunder - till mina föräldrar och berätta det. "För knappt en timme sedan ringde er son mig och sa att han hade dött. Först trodde jag inte på honom men han var dödsallvarlig och jag förstod att det var sant. Då bad han mig att gå till er och berätta det för er eftersom han hade inget hjärta för att själv göra det", skulle hon säga, tror jag utifrån den erfarenhet jag hade av henne, tyvärr. "Det tror jag inte på!" skulle min gråtande mamma säga, tittande mot min bedövade pappa, förväntandes bekräftande ord av honom, medan han skulle vanmäktigt titta på henne, eventuellt långsamt nickande. "Vi är hans föräldrar och vi förtjänar det av vår son" skulle mamman vidare säga och genast därefter slå sig i bröstet med båda knytnävar.

Pappan skulle då försöka trösta henne fast han skulle också behöva få den, trösten. Vem vet hur det skulle utvecklas efteråt. Det skulle ändå vara mer klokt att be min flickvän om att gå till min bror först. Han är ganska rationell och skulle kunna lugna ner våra föräldrar. Men just detta faktum att han är rationell började oroa mig en aning. "Har min bror berättat för dig om att han dött? Det är omöjligt" skulle han lugnt säga. "Omöjligt? Han har ju mobiltelefon", skulle hon säga. "Skulle han inte ringa mig först? Jag är hans enda bror." Hon skulle fråga: "Skulle du inte först ringa din fru ifall att du hade drabbats av något liknande?" Då skulle min rationelle lillebror bemöta hennes ord med att säga: "Ja, men du är inte hans fru." Jag stod orörlig - kanske låg - där mitt i vardagsrummet och kunde inte avgöra vad jag skulle göra i den prekära situationen jag befann mig i.

— Det skrev jag bara så. Ett infall, inget annat, sa Cicmil och vände huvudet åt höger, mot fönstret. En alldeles irrelevant och slarvigt skriven fantasy.

— Men det säger en del om dig, faktiskt.

— Det säger ingenting om mig.

— Nu minns jag, det var en konstig dröm jag hade och jag skrev det så fort jag vaknade.

— Det är mitt intryck i alla fall.

— Tror du att du känner mig så bra? Det enda jag berättat om mig för dig var slagsmålet som ledde mig till din lägenhet.

— Det lilla jag förstått säger mig ändå något.

—Vad då?

— Morbid humor. En blandning av det morbida och humoristiska är påtagligt här. Med tanke på det du själv gått igenom på sistone och ditt komiska beteende som bara på ytan känns omedvetet, anar jag... nått egendomligt.

— Vad menar du med det?

— Jag har lagt märke till att du är en ensam människa. Det är jag också men hos mig är det omständigheternas spel, inte min vilja, hos dig verkar det som om du själv vill vara ensam. Din berättelse däremot visar att ditt fiktiva jag vill till och med i döden ha kontakt, du vill inte vara en ö, inte ens som ett lik. Jag vet inte, jag kan inte påstå att det pågår en inre kamp i ditt inre, men det verkar som om du tvingar dig själv till ensamheten. Till och med en påtagligt fiktiv berättelse, eller en antecknad dröm som den här, kan vara verklighetens frukt, eller hur? Det är så lätt att se att såväl din gestalt (ditt alter ego, din dröms figur) som du själv fastnat någonstans.

Cicmil lysande på henne och hon kunde se ett svagt leende på hans skadade ansikte.

— Är du psykolog, kanske?

— Till hälften kan man säga.

— Vad har hänt med den andra halvan.

— Jag avbröt mina studier och kom hit för två år sedan.

— Och nu jobbar du som …

— Förskolelärare. Men det är nått annat jag undrar, sa hon, jag undrar varför du inte skrivit nån deckare?

— Varför skulle jag göra det?

— I två nätter och ibland på dagarna har du mumlat i sömnen om deckare, privata detektiver, en överviktig man i gulröda kepsen och en pratsam fågel som skulle hjälpa dig att hitta honom, därtill mitt namn några gånger, *som hjälp på marken*, att använda dina egna ord.

— Behöver man skriva en deckare på grund av det.

— Vad annars om man tänker mycket på det?

— Modesta, det är just det jag vill prata med dig om.

2.

... och det är inget infall

— Men först måste jag berätta nått för dig, sa Modesta tittande mot honom med sina sömniga ögon.

— Berätta, lyssna är det minsta jag kan göra för dig just nu, efter all din hjälp känner jag bara tacksamhet för dig och du kan anförtro mig vad du än vill.

— Cicmil, jag tycker mycket om dig. Jag är faktiskt kär i dig och det har jag varit ett tag nu. Du har säkert lagt märke till detta. Och du behöver inta vara tacksam mot mig, det sårar mig lite faktiskt. Men jag vet att du redan har en flickvän - hon var här igår och pratade med dig en lägre stund. Att jag öppnar mitt hjärta för dig är bara för att jag vill underlätta det för mig, och du ska veta att jag inte har några förväntningar alls...

— Det var ingen flickvän till mig här igår, det var snarare en budbärare så att säga. Och det var faktiskt min vän och min ex-flickvän som...

— Din ex-flickvän?

— Exakt och det var dem jag och kvinnan du sett och släppt in i din lägenhet bland annat pratade om.

— Sofia, hette hon - så presenterades hon i alla fall. Jag trodde att hon var din nya flickvän.

— Sofia är flickvän till min vän Spyridon och det var första gången igår jag såg henne. Hon är alltså hans nya flickvän. Hon kom som sagt som budbärare av nått slag. Jag minns inte allt av det vi pratade om, och det jag minns är precis inte en detaljerad samtalsbild. I alla fall uppfattade jag vårt samtal som en utpressning.

— Har du varit utsatt för en utpressning?! Det låter inte kul.

— Ja, men det är inte en riktig utpressning. Man kan också kalla det för ett ultimatum, fast ännu ett för starkt ord i sitt sammanhang. De, min vän och min ex-flickvän, Martina heter hon, ställer villkor till mig. Spyridon vill gärna fortsätta sin vänskap med mig och Martina vill bli min flickvän igen om jag avsäger mig min idé, min fixidé som de kallar det för.

— Vad då för idé?

— Nu kommer vi till det jag vill prata om. Jag vill berätta om det i korta drag... och det är inget infall.

— Jag är ett idel öra.

— Jag vill inte skriva nått. Jag vill med hela min kropp och hela min själ gå in i en värld som ska göra att jag känner mig levande.

— Vad är det för värld du talar om?

— Om du är kär i mig som du säger då undrar jag om du är beredd att följa med i denna värld utan att fråga vilket pris du kommer att betala för det?

— Det liv jag lever i nu kan inte vara så bättre än det du bjuder mig på.

— Det är faktiskt ett destruktivt liv jag pratar om.

— När jag såg dig för första gången såg jag det destruktiva hos dig som jag själv längtat efter. Det drog mig till dig.

— Jag vill jobba som privatdeckare och jag räknar med dig som min högra hand. Det finns en... person till men det tar jag upp senare. Vi... tre kan ägna oss åt nåt meningsfullt

— Tänker du jobba som privatdeckare? Va roligt! Bjuder du mig på ett jobb.

— Ja, på heltid och du kan göra det på halvtid.

— Då måste du säga dig upp från ditt nuvarande jobb. Och jag måste klara mig med hälften av min nuvarande lön. Nåt att tänka över...

— Ja, det kommer jag att göra. Och det kommer du att göra. Och vårt första jobb blir att avslöja en pedofil.

— Vem kommer att betala för detta uppdrag.

— Jag vet inte, kanske några föräldrar.

— Men de vet inte att det är just du som vill åta dig denna arbetsuppgift.

Cicmil tog henne i handen och sa:

— Modesta, Modesta, lyssna på mig, jag vet redan vem förbrytaren är. Ha! ha! ha! Det är inte så osmart som du kanske tror. Vi kan knacka på dörren och fråga föräldrarna om de är villiga att anbefalla jobbet åt oss.

Modesta tittar på honom.

— Du verkar jättesömnig, Modesta.

— Det är jag faktiskt, säger hon gäspande. Jag är en uthållig individ men nu har jag nått den yttersta gränsen. Jag behöver minst två timmar sömn om jag ska tänka klart.

— Ta en tupplur och vi fortsätter prata när du vaknar.

— Det är bäst så, Cicmil. Du själv har gått genom nåt jobbigt, jag tror att du fått en lättare hjärnskakning. När vi vilat ordentligt ett tag till då går vi ut och tar en promenad för att vädra våra hjärnor ordentligt och sen i lugn och ro fortsätta med vårt samtal. Det är väl inte så entusiastiskt att tro att två personer som vi kan komma till nåt gemensamt att dela och leva med? Vad tycker du om det?

— Jag förstår. Varför inte? Vi har gott om tid! Jag ligger här en stund till (jag är inte sömnig utan bara svag i kroppen igen) och sen, när jag orkar, går och duschar mig. Skulle det vara bättre att du lägger dig här i soffan? Det finns gott om plats här.

— Nej, det går alldeles bra så här, säger Modesta, lutar sig tillbaka i sin fåtölj och somnar nästan omedelbart, med armarna avkopplade på knäna och handflatorna vända uppåt som i en yogaställning.

"Det är inte så konstigt", tänker Cicmil tittande på Modesta, "hon har inte sovit ordentligt för min skull på tre dagar nu. Hon verkar lite skeptiskt mot mitt förslag, men det ordnar sig. Min optimism har återkommit och den kommer att sprida sig till henne. Hon kommer att förstå att hon får ett bra alternativ till sitt händelsefattiga liv. Hon kommer att följa med i en magisk skog där den så kallade verkligheten varken känns i kroppen eller i själen. Först när vi förlorar all det vi haft kommer vi att förstå hur mycket vi fått. Långt borta från klokhet, rationalitet, rutin - en figur bland figurer, en orädd bland orädda, mitt i en ovisshet som faktiskt väcker nyfikenhet - blir vi rikare".

Han reflekterar en stund över det rätta ordet till sin förlängda ledighet.

— Hur som helst är den förlängd och att förlänga det ena kan eventuellt betyda att förkorta det andra, och tvärtom, drar han slutsatsen högt och Modesta som sitter sovande i en utsliten, rymlig fåtölj vid soffan rycker till, tittar granskande på honom i några ögonblick med sina blida ögon och sedan sakta sänker huvudet och stänger

ögonen igen. "Det var tufft att krascha
ekonomiskt, att bli ensam, men jag ångrar
ingenting. Jag upplever inte att jag offrat nåt,
utan förkastat allt för att leva så, befriad, i
enlighet med min natur. Till och med stryk
jag fått inkluderas i den nya helheten, till och
med alla kommande stryk inbegripas redan
där".

Han hör vassa knackande ljud som
upprepar sig i samma takt med korta pauser
emellan. Han tittar omkring sig. Nu ser han
herr Uccello Sverin som ivrigt knackar med
näbben på den immiga fönsterrutan, glad att
han har börjat flyga igen, med förhoppningen
om att han kan stå honom till tjänst. Att
Modesta också hör knackandet och att hon
kommer att resa sig upp och öppna fönstret
tror Cicmil innerligt på.

"Då påbörjar äventyret!"

Om författaren

Predrag Mihajlović (född i f.d. Jugoslavien) har bott i Sverige sedan 1992. Han är jurist, litteraturvetare och gymnasielärare.

Mihajlović debuterade med långnovellen *Apatriden och den förvirrade hunden* år 2017. Novellen finns översatt till engelska och serbiska.

Samma år kom hans första kortroman *Skuggor och eldflugor* ut. Den finns också i serbisk översättning.

Novellsamlingen *Stella Canis och andra noveller* (också i engelsk översättning) kom ut 2019.

Långnovellen *Glömskans fantomsmärta* kom ut 2020.

Stella Canis och andra noveller och långnovellerna *Glömskans fantomsmärta* och *Apatriden och den förvirrade hunden* finns samlade i en bok under namnet *Novellsamling*.

Han har också gett ut flash-dramat *Soldaten och tio hönsägg* (översatt också till engelska).

Den sparkade fågeln är hans andra kortroman.